KB070757

beige is beige

베이지는 베이지

beige is beige
베이지는 베이지지

1판 1쇄 발행 2021년 9월 9일

지은이 전혜빈

교정 주현강
편집 유별리

펴낸곳 하움출판사
펴낸이 문현광

주소 전라북도 군산시 수송로 315 하움출판사
이메일 haum1000@naver.com   **홈페이지** haum.kr

ISBN 979-11-6440-834-4 (03810)

좋은 책을 만들겠습니다.
하움출판사는 독자 여러분의 의견에 항상 귀 기울이고 있습니다.

beige is beige

베이지는 베이지지

전
혜
빈 에
세
이

시작하며

그냥 나는 나답게라는
말이 너무 좋았다.

뭐든지 나답게
오로지 나답게

가장 행복한 순간은
항상 '지금'이라고 대답할 수 있는
인생을 살고 있어
다행이고 축복인 것 같다.

그날 그날의 나를 담아
찾아가는 나다움.

나는 나다
라는 뜻을 담은

베이지는 베이지지.

contents

엄마의 언어

글을 쓰는 나를 보며
"마음을 쓴다는 건 좋은 거야."

그래서 좋아하나보다.
마음을 글로 적는 걸.

마음 주유소

나도 모르게 마음이 가서
마음을 주었더니

"종이 한 장으로도 감동 주는 사람
성공할 것을 의심하지 않는 사람
삶에 영향력을 주는 사람
내가 생각만 해 온 삶을 이루며 살고 있는 사람."이라며
되려 마음을 채워 주는 사람.

나

내가 가장 중요하고
가장 소중해.

나머지는 그다음 이야기야.

通(통할 통)

"서로가 많이 통하고 있고,
앞으로도 계속 통할 수 있는 사람."이라고 말하는
정말 말 그대로 잘 통하는 사람.

오늘도 너의 존재만으로도 즐겁다.

beige is beige

지금, 오늘, 마음

마음을 내려놓으면 다른 것들이
채워지며 인생이 완성되는 것 같다.

지금 이 순간은
지금뿐이니.

"오늘도 행복했다."라는 말이
입에 맴돌도록 하루를 채워야겠다.

Simple

기분이 뜨다가 가라앉다가
무엇 때문인지
생각을 해도 좀처럼
답을 찾지 못하는 날

이럴 때 속으로 외치는 말
"심플하게 살자."

선생님의 한마디

문득
선생님께서 하신 말씀이 생각났다.

"선생님이 생각했던
그런 인생을 살고 있어
너무 보기 좋구나."

선생님의 한마디 덕분에
인생이 멋지게 변하는 순간이었다.

안 예쁨

기분이 좋을 땐
다 예뻐 보인다는데

오늘 나는 기분이 좋지
않은가 보다.

'죄다 안 예쁨.'

방 한편

방 한편에
'하고 싶은 것만 하기'라는
문구를 적어 놓았다.

이 문구를 매일 읽으면
정말로 하고 싶은 것만 하는
그런 인생을 살 것 같은
왠지 모를 확신이 차는 느낌이랄까.

beige is beige

걱정

언니와의 통화 중에
"내일 올 비 때문에 오늘 우산을
펴지 마라."라는 책 구절을 읽었다고 했더니

"내일 걱정은 내일모레 하는 거야."라고
말해 준다.

- 그 걱정,
내일모레 하는 건 어떨까요?

This is the time of my life

"너한테 주어진 오늘을 잘 보내고
내일도 그렇게 보내면
인생이 되는 거야."

어린 시절
마음 속에 와닿았던 한마디.

beige is beige

beige is beige

베이지는 베이지지

생각의 차이

'오늘 하루 뭐 했지.'가 아니라
'오늘 편하게 잘 쉬었구나.'

인생은 생각의 차이.

궁금한 사람

"언니 사는 얘기 듣고 싶어요."

누군가가 내 얘기를 궁금해한다는 게
너무 좋았다.

'궁금한 사람이 되어야겠다.'라는 생각을 했다.
문득 이 사람은 요즘 무슨 생각을 할까
무슨 일들이 있을까
궁금한 사람.

- 갑자기 문득 떠오르는
중요한 사람이 있나요?

상처받지 않는 법 I

'그 사람의 말이지
내 말이 아니다 마음에 두지 말자.'

라고 생각하기.

생각하는 대로

"하면서 웃을 수 있는 일을 해라."

이 말에 초점을 맞췄더니
신기하게 지금 하는 일을
웃으며 하고 있다.

생각하는 대로 된다고 하니
한 번 더 되뇌어 본다.

칭찬 다이어리

주위 사람들이 칭찬해 주면
기억해 놨다가 다이어리에 적어 두었는데
마음이 약해졌을 때
그 다이어리를 보고 있으면
마음이 단단해지는 걸 느꼈다.

세상 사람들 모두 이 다이어리의
힘을 알면 좋겠다.

- 오늘부터 시작해 보는 건 어때요?

마음의 시작

서로의 일상에 스며든다는 건

스쳐 지나가는 것들마저도
하나하나 멈춰 서게 하는 것
의미가 주어지는 것
그 작은 것들이 소중해지는 것.

이상향

다름과 틀림의 차이를 아는
투박하기보다는 섬세한
말이 예쁜
같이 웃을 수 있는
삶을 바라보는 안목이 비슷한,

소소한 행복

사진 찍는 걸 좋아한다.
플래시 횟수가 늘어날수록
행복 지수가 늘어나는 기분이 든다.

소소한 행복은
작지만 크나큰 여운을
오래도록 남기는 것 같다.

잔잔한 파도를 보면
마음이 편안해지는 느낌과 비슷하달까.

따스한 단어들

'어느 날'이라는 단어
왠지 모르게 이 단어는
나를 설레게 했다.

따스하고 햇살 좋은 날을
상상하게 하는 단어

요즘은
이렇게 따스한 느낌의
단어들이 좋다.

라떼 한 잔,
낮잠,
단골집.

beige is beige

흘러가는 시간 잡기

나에게 기록이란
지나가는 생각을 잡는 것이다.

흘러 없어질
나의 생각들을 이렇게
붙잡고 있는 게 재미있다.

신기하게도
이 생각들이
가끔은 나를 치유해주는
느낌이 든다.

그렇기에 더 좋아지는
지금 이 시간.

후회를 줄이는 나만의 방법

순간에 집중할 것
그리고 걱정은 미리 하지 말 것

해야 하는 말은 꼭 하고
참아야 하는 말은 꾹 참을 것

지금을 살고
지금을 즐길 것

가끔은 오늘의 내가
내일의 나를 생각해 줄 것.

마음의 거리

마음의 거리를 두면 어떨까
마음을 접지 말고.

그래도 된다

기회는 매일 있다.
잡고 싶은 기회만 잡자.
할 수 있는 것만
하고 싶은 것만 하자.
그래도 된다.

그리고 가끔은
멈추고, 비워야 한다.

생각 멈춤

생각이 너무 많아
머리가 지끈지끈할 때
아무리 생각해도 도무지 답이 나오지 않을 때
아무 생각도 하고 싶지 않을 때

단순하지만 이 방법이
많은 도움이 된다고 한다.

생각 멈춤.
생각 정지.
하고 되뇌기.
그러면 마법처럼 이 순간은
잠시 멈춤-이 된다고 한다.

가끔은 잠시 멈추고
내 맘이 이끄는 대로
오롯이 이끌리는 대로.

— 잠시 생각 멈춤,
생각을 정지해 보는 게 어때요?

가면

가면 속에 나를 감추는 게 아니라
여러 사람에게 어떤 모습으로 대해야
내가 마음이 편하고 좋은지
앞으로 섬세하게 찾아가 보려고 한다.

오로지 나를 위하여.

내가 나에게

순간순간의 생각들을 모아 놓은
다이어리

다이어리 속의
과거의 내가
지금의 나에게
뭐든 다시 할 수 있을 것 같은
힘을 주었다.

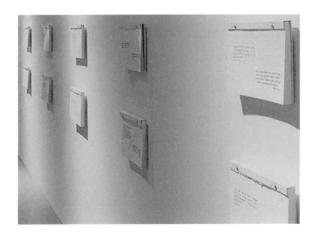

너와 나의 거리

우리가 이렇게 될 수밖에
없었던 이유

서로의 다름을
이해하지 못해서

거기에서 오는
크고 작은 실망감들이
쌓이고 쌓여
우리를 이렇게나
멀어지게 했나 보다.

beige is beige

차이점

예전의 나와 지금의 나의
가장 큰 차이점은

예전에는
남의 시선이 더 먼저였다면
지금은 그냥
내가 제일 먼저라는 거.

- 당신은
지금 어느 것이 먼저인가요?

색안경

나를 이미 알고 있는 사람들보다
나를 아예 모르는 사람들에게
나의 진짜 모습을
더 보여 주기 쉬운
더 보여 주고 싶은
이유는
색안경을 쓰지 않아서 아닐까.

beige is beige

베이지는 베이지

설렘

두근두근 설레는 마음

처음 혹은 시작
이 두 단어와 가장 밀접한
이 두 단어를 가장 잘 표현한.

같은 곳을 바라본다는 건

평범한 일상을
함께라는 이유만으로
특별함으로 바꿔 주는 것.

발자국 소리

내 마음 저 깊은 곳에 자리한
무의식 안의 그 사람

노래를 듣다가 문득
사진을 보다가 문득

내 마음 가까이에
오고 있나 보다.

두근두근,
그의 발걸음 소리.

beige is beige

그걸로 되었다

운명인가 보다.
이리도 큰 착각을 할 정도로
사랑했다면

그걸로 되었다.

- 운명이라고 착각할 정도로
  사랑해 본 적이 있나요?

사람이 거쳐 간다는 건

사람이 거쳐 간다는 건
그 사람이라는 책을 읽은 것

'덮어 두는 게 나았겠다.'라는 생각은
책을 펼쳐야만 알 수 있다.

사람이 사람을 거쳐 간다는 건
그저 한 권의 책을 읽은 것뿐이다.

다짐

하지 말아야지 하는 것을
하지 않는 것은
꽤나 힘이 들고

꼭 해야지 하는 것을
하기에는
생각보다 어렵다.

— 꼭 해야지 하고
다짐한 일이 있었나요?

여행 또는 사람

떠나야만
비로소 알게 되는 것들

여행
또는
사람.

그리움의 무게

그리움이 쌓이고 쌓여
마음이 무거워
버티질 못하나 보다.

beige is beige

진심의 온도

눈빛의 따뜻함
말 한마디 한마디의 따스함

자연스레 알게 되는
진심의 온도.

+(더하기)

같이 대화를 하면
어느 순간
나의 생각에 스며들어
깊이를 더해 주는 사람.

그런 작가

방 구조 바꾸는 것을 좋아한다.
같은 공간에서
새로운 느낌을 받는

그런 작가가 되고 싶다.
같은 공간에서
새로운 생각을 하게 만드는.

매일 여행 중

생각만 바꾸면
삶은 신기하게도 작은 선물을 준다.
집 앞 카페여도
'여행 왔다.'라고 생각하면
지나쳤던 아름다움, 새로움을
맛보게 된다.

오늘 하루도 나는 여행 중.

beige is beige

베이지는 베이지지 지

그래도 돼

실수, 누구나 할 수 있지.
가끔 주저앉아 울어도 돼.
나이? 괜찮아.
언제든 힘들고 지치면
아기처럼 엉엉 울어도 돼.

울고 웃으면
다 지나가고
다 괜찮아지더라.

안 해도 되는 것

해도 후회
안 해도 후회

그렇다면 해 보고 후회
근데 굳이 안 해도 돼.
그냥, 후회.

말의 속도

신기하게도 말에는 속도가 있다.
그 순간 바로
마음속 깊이 들어오는 말이 있는가 하면

먼 훗날
문득
내 마음에 들어오는 말이 있다.

beige is beige

아빠와 드라이브 중

아빠의 말 한마디가
여운이 참 길다.

"가로등에 꽃 핀다, 딸아."

아빠가 딸에게

딸아,
아빠가 60년을 살아 보니
가장 중요한 게
건강이더라.
젊었을 때 건강 챙기는 게
제일이더라.
같은 나이라도
건강은 다 다르니.

감정 한 방울

어느 날
그날의 나의 감정 한 방울을 넣어
글을 적었더니

다음날
무슨 일 있느냐고
연락이 왔다.

나는 그저 한 방울 살짝
넣었을 뿐인데.

다른 이가 느끼기에는
그 한 방울이 무지 진했나 보다.

beige is beige

겉모습

번지르르
미끄럽고
넘어지기 쉬우니

다가서지 말 것
이 자리에 그대로 서 있을 것

한 발자국도 더 가지 않길.
넘어지기 쉬우니.

내가 나를

지금 이 순간
나의 감정에 집중해 보기.

내가 좋아하는 것들과
그리 좋아하지 않는 것들에 대하여 알아가기.

내가 나를 가장 많이 알고 있는 것이
내가 나를 존중해주는 방법이자
내가 나를 사랑하는 방법이 아닐까.

일상에 지칠 때

더울 때 시원한 물 한 잔 마시면
더위가 잠시 가시는 것처럼

일상에 지칠 때
마음속까지 시원할 정도의
얼음물 한 잔을 떠올려 본다.

beige is beige

과거, 미래 그리고 현재

과거는 버리고
미래는 상상하고

현재를 살아.

지금을.
온전히.
오롯이.
다분히.

오늘의 나, 미래의 나

오늘의 나만이
이해할 수 있을까

미래의 나도
느낄 수 있을까.

지금 이 느낌,
지금 이 감정.

마음의 길

어찌 길도 잃지 않고
그리도 잘 찾아가던지

내 마음의 끝은
항상 너다.

마음 글

내가 무언가를
말하고 싶긴 한가 보다.

계속해서 글을 쓴다는 건
아마 할 말이 있어서가 아닐지,

내 마음 적기.
감정을 적어서 컨트롤하기.

생각 정리,
마음 비우기에
괜찮은 방법인 것 같다.

- 가끔은
내 기분, 내 감정
다른 이에게 말하기 전에
글로 적어 보는 건 어때요?

색의 의미

비슷한 줄 알았지.
같은 파랑이여서

하늘과 바다였다니

그래서 초록이 좋아.
산과 나무는
함께이니까.

모음집

그리 거창하지 않은,
크고 작은 감정의 모음들
소소한 것 더하기 사소한 것
그게 바로 인생이지 않을까.

낭떠러지

지금 나를 가로막는
크나큰 벽.
어쩌면 그 벽 반대쪽은
낭떠러지여서
오히려 나를 지켜 주는 벽일지도 모른다.

그리 생각해 본다.

엄마의 부탁

엄마가 부탁이 하나 있는데
스트레스 상황이 온다고 해도
스트레스로 받아들이지 않았으면
좋겠다는 바람이란다.

물이 컵에 반쯤 들어 있고
그 후에 반이 더 들어가면 결국 넘치듯이
혹시나
스트레스가 반의반이라도
차 있는 건 아닌지,

아니면 너무 다행이고.

인생은

엄마처럼 나이가 들어도
인생은 계속 배워 가는 과정이야.

내 사람들과 아닌 사람들

슬픈 일이 아니라고 했다.
내 사람들과 내 사람이 아닌 사람들이
나누어지는 지금 이때는.

정당방위

난 과연 잘하고 있는 걸까
의문이 든다.

남이 한 대 때렸다고 두 대 때리는 건 아닐까.
그러면서 정당방위라고 둘러대고 있는 건 아닐까.

누군가 나에게 기분 나쁜 말을 하면

나는 상처 주는 말을 하며

정당방위라고 둘러대는 건 아닐까 생각했을 때

다르지만 같다

고민하는 이유는 달라도
고민의 크기는 같다.

상처받지 않는 법 II

생각을 생각하지 마.

다른 사람의 생각을 생각하지 마.
그건 그냥 그 사람 생각인 거야.

마무리

모든 일에는 아주 작게라도
아쉬움이 남는다.

'내가 아닌 다른 누구라도 이러겠지.'
라는 마음으로 위로해 본다.

'아쉬움이 있기에 다음이 있는 것 같다.'
라고 생각해 본다.

'다음이 있으니, 다음에는 조금 더
아쉬움을 덜어낸 마무리를 해야지.'
라고 다짐해 본다.

beige is beige

전혜빈이 생각하는
전혜빈의 사용 설명서

1. 야경을 보면 기분이 풀린다.

2. 혼자만의 시간이 필요한 사람이다.

3. 잘한다 잘한다 하면 더 잘하는 스타일이다.

4. 마음이 힘들면 입맛이 뚝

5. 책을 소리 내어 읽으면 에너지가 생긴다.

6. 생각보다 냉정하고 생각보다 따뜻하다.

7. 싫다고 하면 정말 싫은 거다.

8. 사소한 것에 감동받고 작은 것에도 잘 웃는다.

9. 멀티태스킹이 되지 않는다.

10. 마음에 있는 생각을 표현하는 걸 좋아한다.

나, 사용 설명서

_____ 가 생각하는

           _____ 의 사용 설명서

1.

2.

3.

4.

5.

6.

지금 이 시간 또한 내 인생,